せんねん町《ちょう》の地図《ちず》
こどもの城《しろ》
まいど クリーニング
つりぼり
まんねん
小学校《しょうがっこう》
公園《こうえん》
かっぱおんせん
ペットショップ
自転車屋《じてんしゃや》

ここは、せんねん町《ちょう》の、まんねん小学校。
どこにでもある小学校だと思《おも》うでしょ。
でも、ちょっとちがうんですよね。
とくに、日曜日《にちようび》は……。

保健室の日曜日

なぞなぞピクニックへいきたいかぁ！

村上しいこ 作
田中六大 絵

講談社

せっかくの日曜日《にちようび》。
のんびりしたくても、
保健室《ほけんしつ》のみんなは、
朝《あさ》から大いそがし。
「ちょっと体重《たいじゅう》はからせて。」
給食室《きゅうしょくしつ》のおなべが、
体重計《たいじゅうけい》にのります。
「やっぱり。
また二キロふとってる。」
「ちょっとは
運動《うんどう》せなアカンで。」

見ていた、ほうたいがいいます。
「いつも、トランプで遊《あそ》んでるけど。
トランプは、運動《うんどう》にはならへんのかな？」
「ならんやろ。」
身長計《しんちょうけい》が、あきれて、
わらいます。
「きょうそうしたら
いいのとちがう？
走《はし》るきょうそうとか。」
ちょうしんきが、
おなべをつつきます。

むこうでは、音楽室《おんがくしつ》の
けんばんハーモニカが、
きゅうきゅうばこに
たのんでいます。
「さいきんちょっと、
音のちょうしが、
わるいんや。
なんとかして。」
「ほな、トローチ、出しとくで。
かんだらアカンで。
ちゃんとなめんと。」

「うがいも、せなアカンよ。」
きずぐすりが、
心配《しんぱい》していいます。
「だって、
うがいぐすり、
にがいんやもん。
あまいのないの？
ぶどう味《あじ》とか。」
「うちにはない。」
きゅうきゅうばこが、
きびしくいいます。

そしてこっちでは、
給食室《きゅうしょくしつ》のほうちょうが……。
「体《からだ》がかゆい。
はやく、かゆみどめぬって。」
と、体《からだ》をゆらします。
「ちょっと、はがあぶないやん。
じっとして。」
体温計《たいおんけい》が、
こわごわ、くすりをぬります。
ベッドの上では、
理科室《りかしつ》の人体《じんたい》もけいが、

横《よこ》になってうなっていました。
「ほんまに、いたいんよ。
きっと、ほねがおれてる。」
人体《じんたい》もけいにいわれ、
だっこ赤ちゃんとたんこぶが
しんさつします。
「どっこも、おれてないで。
ああ、重《おも》たい。もうむり。」
足を持《も》ちあげていた
たんこぶが手をはなし、
ベッドにころがりました。

「じゃあ、きんにくつうかも。」

「きんにくはない。ほねだけやし。」

だっこ赤ちゃんも、お手あげです。

「はやくおりて。重《おも》いから。」

ベッドがぼやきます。

「気のせいと、ちゃうか。

見たけど、どこもわるくない。

ほら、やまいは気からって、いうやろ。」

たんこぶが、ペチンと、
人体《じんたい》もけいの足をたたきました。

すると、ベッドのひくい声《こえ》がきこえました。

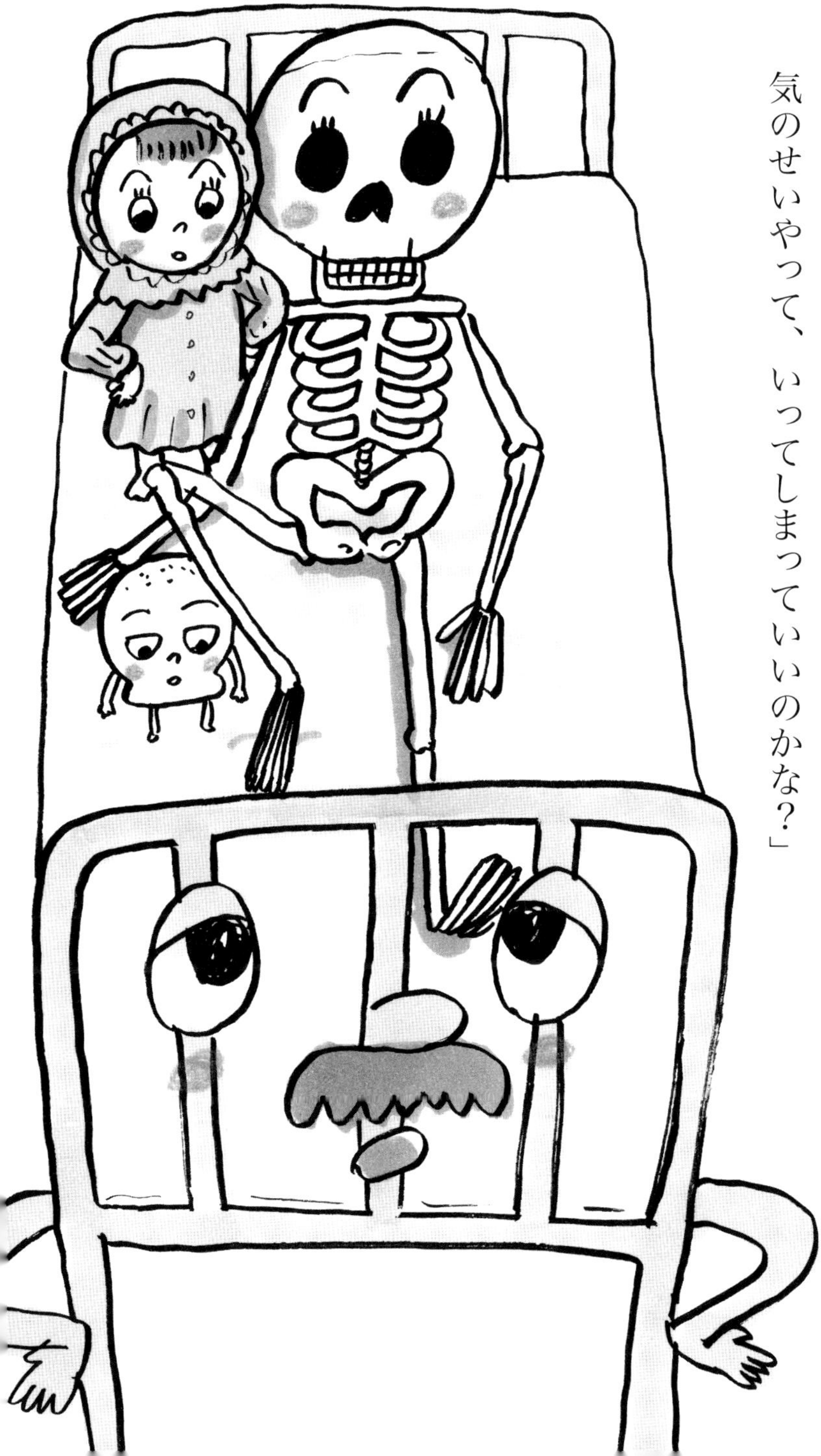

「ほんまにそうかな、たんこぶ。
目に見えないからといって、ないことになるのかな？
気のせいやって、いってしまっていいのかな？」

「わあー。また、むつかしいこと、いうてきた。」

たんこぶは、うんざりした顔《かお》。

すると、体重計《たいじゅうけい》が、

「ぼくは、ベッドがいうてること、ちょっとはわかる。」

と、いいだしました。

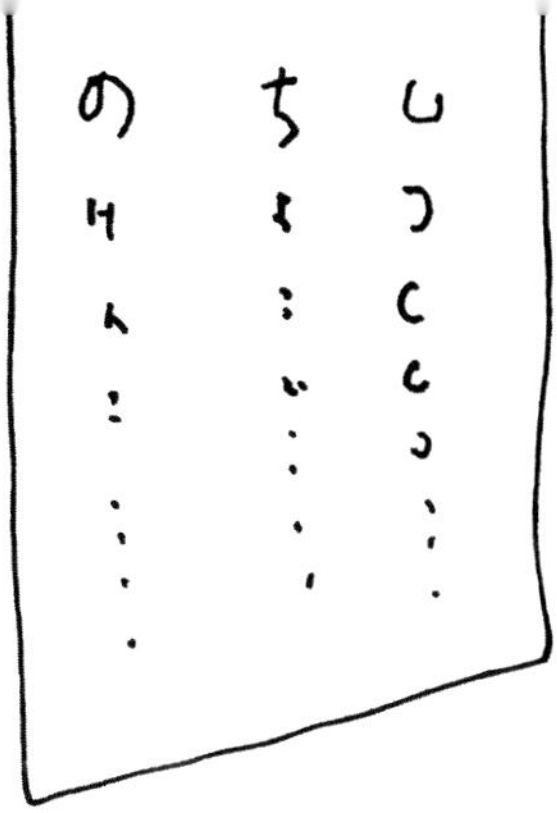

「ほんまかよ?」

たんこぶが、じろっと見ました。

「おいしいコロッケのにおいとか、おいしいカレーのにおいとか、おいしいやき肉《にく》のにおいとか、見えてなくてもわかるやん。」

「なるほど。そうやな!」

体温計《たいおんけい》が、大きくうなずきます。

と、そのときです。

だっこ赤ちゃんが、ベッドの上で、すくっと立ちあがりました。

「みんなで、さがしにいこう！　見えなくても、あるもの！」

きっと、この前《まえ》、生きてるしるしをさがしに出かけたのが、
よほど楽《たの》しかったのでしょう。

「なぞなぞピクニックみたい。」

ほうたいが、くるくるとおどります。

「そうや。きょうは、ふたつのグループにわかれて、さがしにいこ。

あとで発表《はっぴょう》しあったら、楽《たの》しいと思《おも》う。」

ちょうしんきが、つくえの上から、みんなを見ました。

「なるほど。それ、おもしろそう。
目には見えないけど、あるものか。
まずはくじびきで、チームわけやな。」
きゅうきゅうばこは、
つくえのひきだしから、紙《かみ》を出します。
ところが、
「おれは、パス。いかへんから。」
いいだしたのは、たんこぶ。
「そんなこと、いわんと。」
体温計《たいおんけい》が、やさしい声《こえ》でいいます。
「いや、いい。

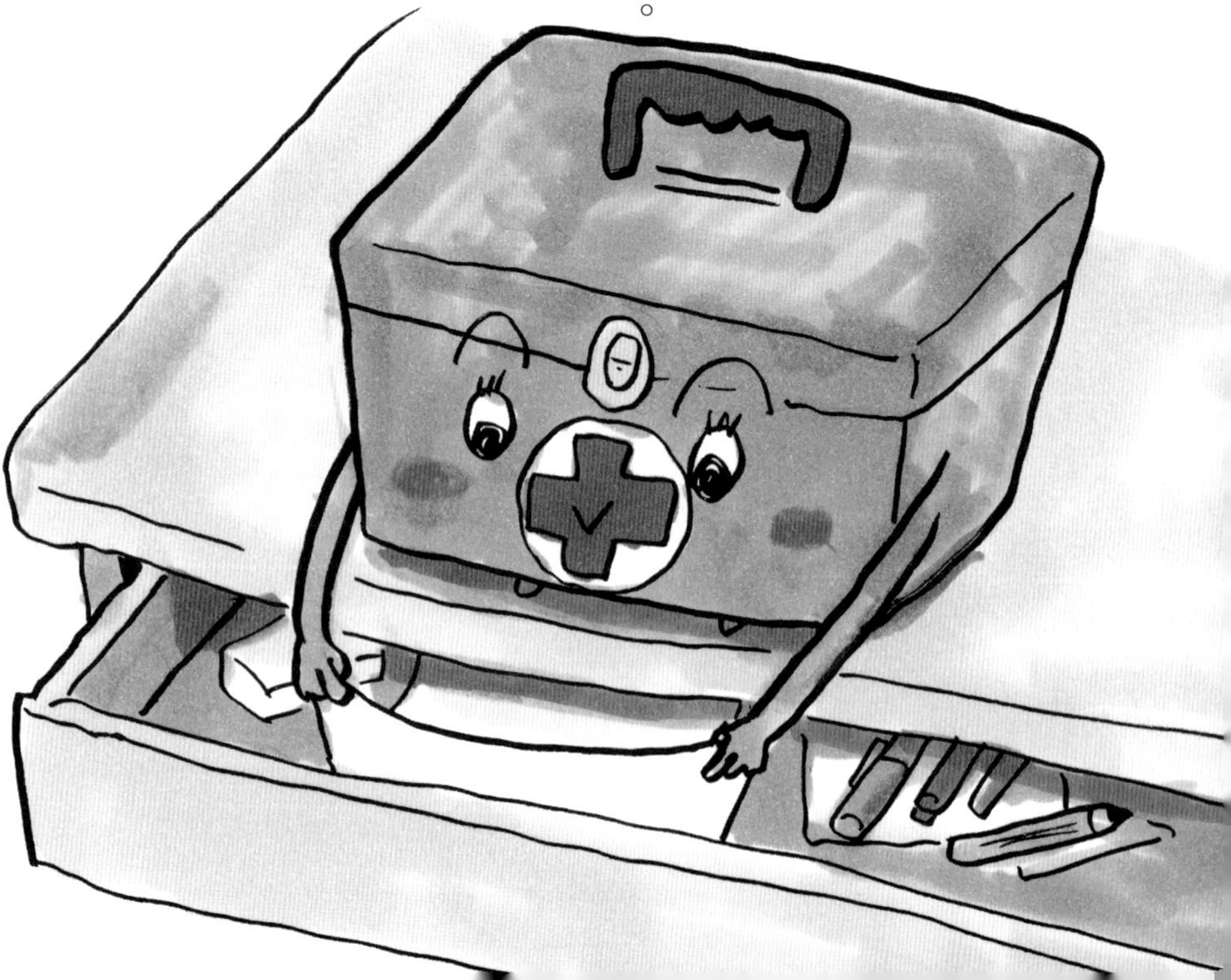

おれは、目に見えることでいそがしい。」
「ほうっといてあげ。
みんながみんな、いっしょでなくてもいいやろ。
たんこぶのけて、チームわけしよ。」
かばっているのか、あきれているのか、
ベッドがいいました。

そして、くじびきのけっか、
ふたつのチームが決《き》まりました。

チームA《エー》
ほうたい・きゅうきゅうばこ・体温計《たいおんけい》・きずぐすり・ベッド

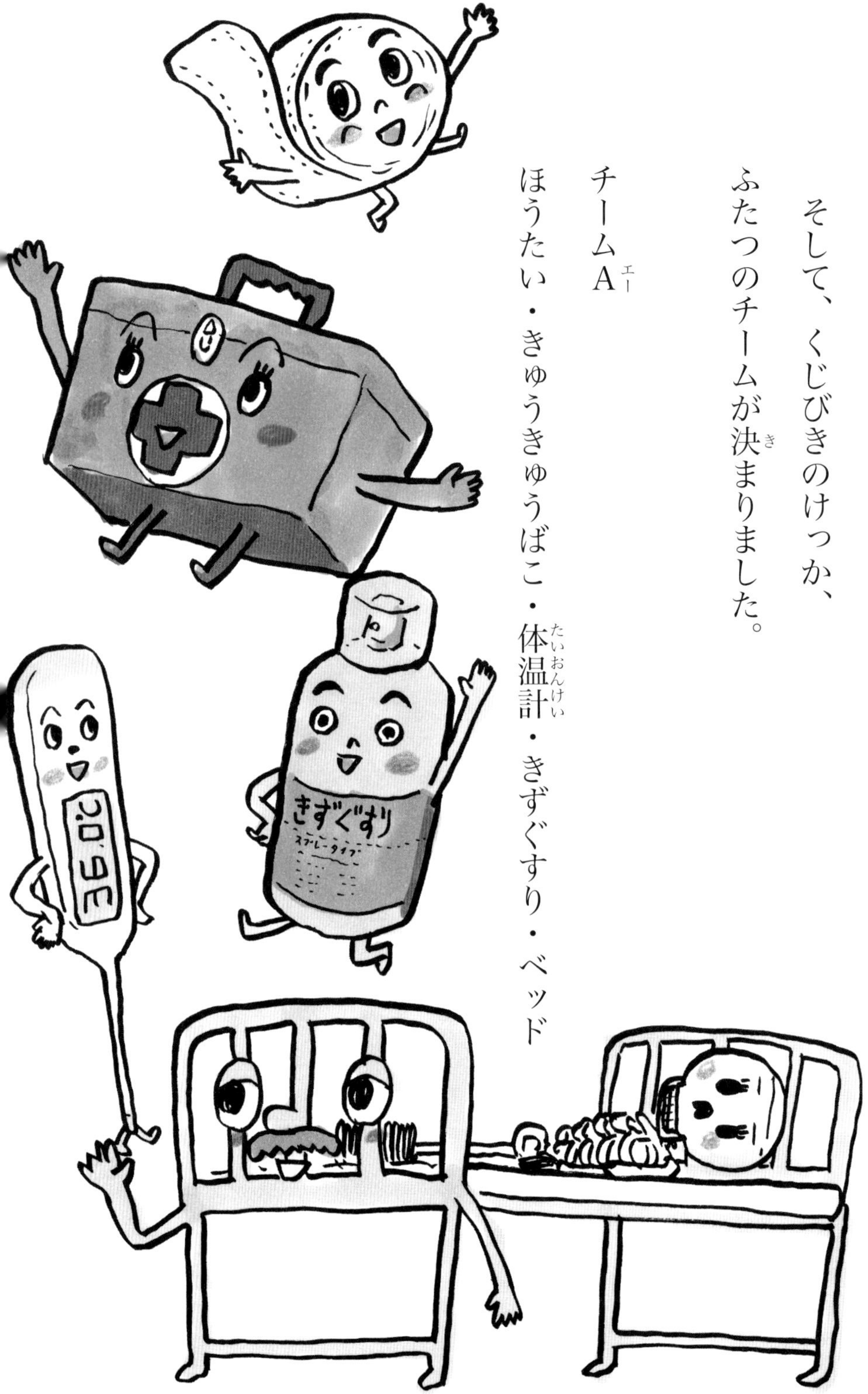

チームB《ビー》
体重計《たいじゅうけい》・身長計《しんちょうけい》・ちょうしんき・だっこ赤ちゃん

「さあ、いこうぜ！」

ほうたいが、はりきって声《こえ》をあげました。

「わたしはどうなるの？」

ベッドの上で、人体《じんたい》もけいがあたふたします。

身長計《しんちょうけい》がいいました。

「保健室《ほけんしつ》で、るすばんしていてもらって、いいねんで。」

「いやや、そんなの。楽《たの》しくない。」

人体《じんたい》もけいは、ひょいとベッドからとびおりると、
ろうかをすたこら走《はし》りさりました。

「やっぱり、足、だいじょうぶやったんや。」

だっこ赤ちゃんが、つぶやきました。

「なあ、たんこぶ。ほんまにもういくよ。」

体温計《たいおんけい》が、もういちどだけ、声《こえ》をかけます。

「どうぞ。」

たんこぶは、ぶっきらぼうにこたえると、家庭科室《かていかしつ》の、たちばさみや、はりさんぼんと保健室《ほけんしつ》を出ていきました。

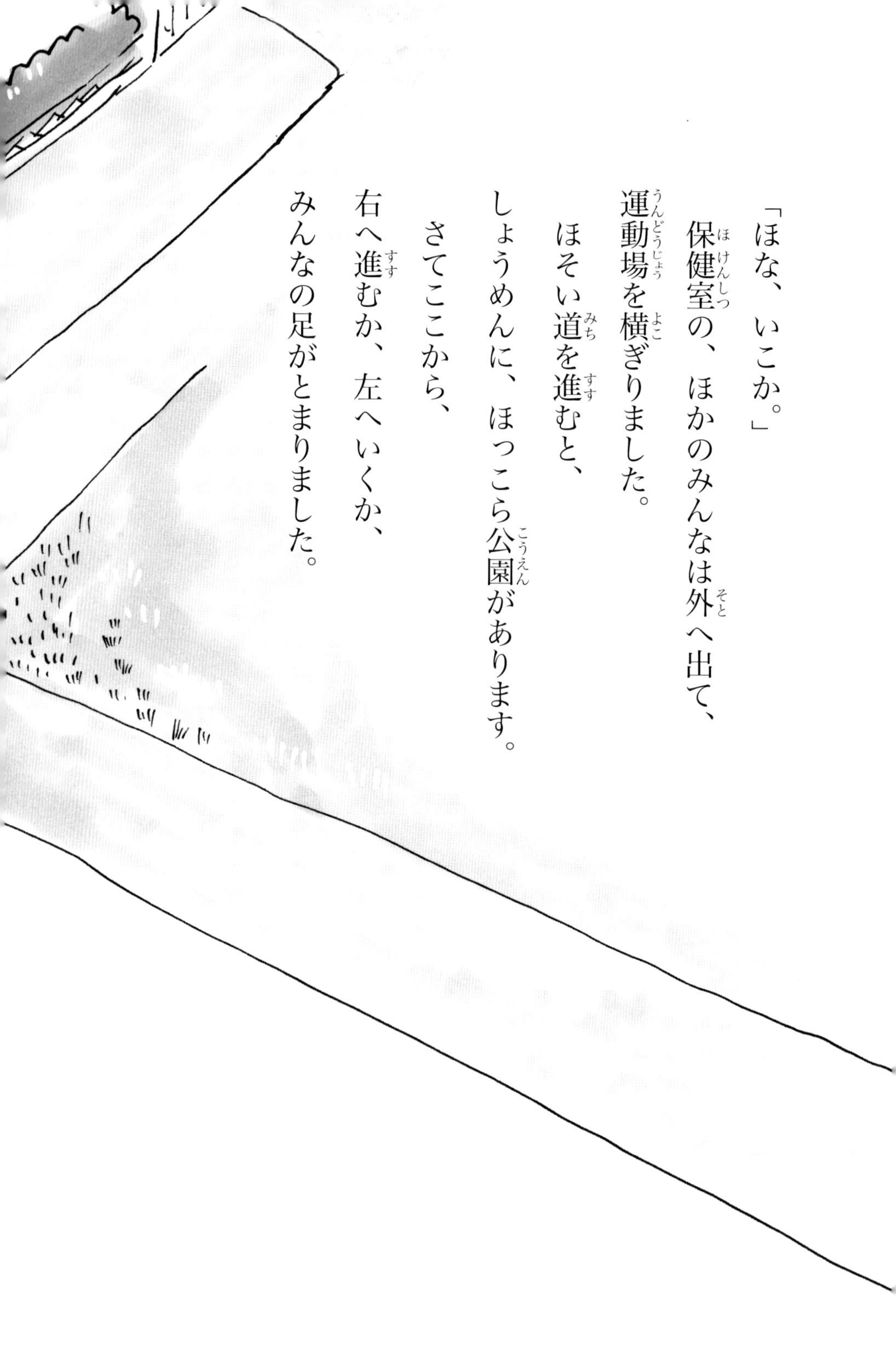

「ほな、いこか。」
保健室《ほけんしつ》の、ほかのみんなは外《そと》へ出て、
運動場《うんどうじょう》を横《よこ》ぎりました。
ほそい道《みち》を進《すす》むと、
しょうめんに、ほっこら公園《こうえん》があります。
さてここから、
右へ進《すす》むか、左へいくか、
みんなの足がとまりました。

右へいけば、スーパーまいどや、クリーニング屋《や》さん。
アイスクリーム屋《や》さんや、ドーナツ屋《や》さんもあります。
そして、左にいくと、自転車屋《じてんしゃや》さんと、ペットショップ。
「ぼく、自転車屋《じてんしゃや》さんに、いってみたいな。」
きずぐすりが、左をゆびさして、いいました。
ほうたいも、うなずきます。
「わしは、どこでもええで。」
ベッドは、にこにこしています。
「せやな、自転車屋《じてんしゃや》さんへいこう。
カゴにのせてもらえるかも。」
きゅうきゅうばこと体温計《たいおんけい》も

さんせいです。
「じゃあ、わしら、チームA《エー》は
こっちへいくことにするから。」
「じゃあ、わたしらは、右やな。」
だっこ赤ちゃんたち、チームB《ビー》は、
はんたいの右をえらびました。

「どこへいくつもりやろ?」

きゅうきゅうばこが、
だっこ赤ちゃんの
せなかを見ています。

「それは、あとのお楽《たの》しみや。
それより、わし、
たんこぶのほうが、
気になるわ。
あの、ひねくれたせいかく。」

ベッドは、こうしゃのほうを
ながめました。

「けど、そんなに
気になるってことは、
なんだかんだいうて、
ベッドは、たんこぶのこと、
すきなんや。」
「そんなことない。」
ほうたいにいわれ、
ベッドはあせったように、
歩《ある》きだしました。
そんなこと、
あるみたいです。

自転車屋《じてんしゃや》さんにつくと、おじさんが、店《みせ》の前《まえ》で、自転車《じてんしゃ》のしゅうりをしていました。

おじさんが、顔《かお》をあげると、きずぐすりが、あいさつをしました。

「こんにちは。きょうは、日曜日《にちようび》なんで、遊《あそ》びにきました。」

「おじさん、カゴにのせて。おねがい。」

体温計《たいおんけい》が、おねだりしました。

「すまん。きょうは、ほんまにいそがしいねん。カゴにのせて、そのへん走《はし》ってあげたいけど。」

「え～～！」

きずぐすりと体温計《たいおんけい》が、ふくれた顔《かお》で、さけびます。

「しかたないやん。じゃあ、とまってる自転車《じてんしゃ》でがまんしよ。」

きゅうきゅうばこが、なだめると、みんな店《みせ》の中へ入りました。
いや、ベッドだけは、体《からだ》が大きくて入れません。

店《みせ》の外《そと》から見ます。
自転車屋《じてんしゃや》さんの、かんばん、タイヤのチューブ、
空気入れ、どうぐばこ。
店《みせ》の中をのぞくと、ヘルメットにカレンダー。

目には見えなくてもあるもの、をさがして
いるのに、どれも目に見えています。

目に見えないものは、やっぱり見えません。

「いらんこと、いうてしもたかな。わしが、いいだしたんやから、なんかさがさんと、しゃれにならんな。」

そのときです。せなかからとつぜん、声《こえ》がしました。

「自転車屋《じてんしゃや》のおじさん、たすけて。」

男の子が、自転車《じてんしゃ》にのって走《はし》ってきました。

「どないしたんや。」

しゃがんで、しごとをしていたおじさんが、思《おも》わず立ちあがります。

「いもうとが、公園《こうえん》で自転車《じてんしゃ》の練習《れんしゅう》をしていて、ころんでけがをしてしまった。

自転車《じてんしゃ》も、こわれてしまった。」
今《いま》にもなきだしそうです。
「こまったなぁ。」
おじさんが、日やけしたおでこに
しわをよせました。
「きょうは、いっぱい、
自転車《じてんしゃ》のしゅうりをたのまれてるんや。
おきゃくさんがいつとりにくるか、わからんし。
ここをはなれるわけに、いかんのや。」
保健室《ほけんしつ》のみんながきたときから、
おじさんは、いそがしそうでした。

「でも、おねがいします。」

「こまったなぁ……。」

男の子が、頭《あたま》をさげてもおじさんは、ためいきをつくだけ。

ベッドは、だまって見ていられません。

「よかったら、わしらが、いってきましょか。」

「わしらって……。」

「ほら、きゅうきゅうばこや、きずぐすり、
それにほうたいもいてるし。」
おじさんは、店《みせ》の中ではしゃぐみんなを見ました。
「せやな。ほな、たのもか。」
ベッドはみんなをよびました。
「おーい。集《あつ》まって。
今《いま》から、けがをしている子を、たすけにいくぞ。」

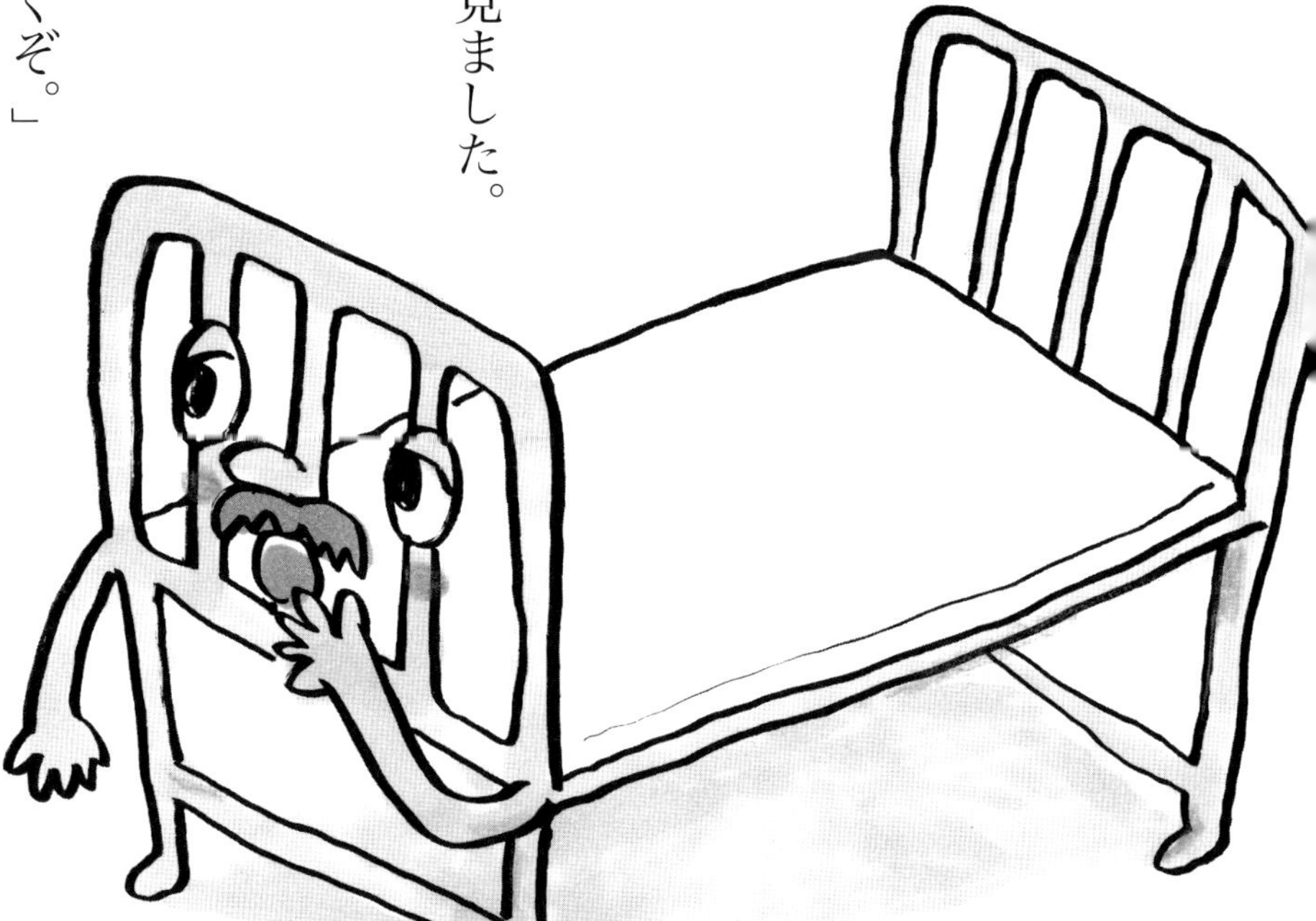

「けが？」

「けが！」

「けが!?」

けが、ときくと、
みんなの顔《かお》が、ひきしまります。
みんなすぐに、外《そと》に出てきました。
そして、自転車《じてんしゃ》をおす
男の子のあとについて、

公園《こうえん》へいそぎます。

するとベンチにすわっていました。

女の子が、

そばに自転車《じてんしゃ》が、たおれています。

ほじょりんをはずして練習《れんしゅう》をしていたみたいで、

足をすりむいていました。

「まずは、きずの手あてやな。」

ベッドは、女の子を公園《こうえん》の水《みず》のみ場《ば》へつれていくと、

足をあらってあげました。

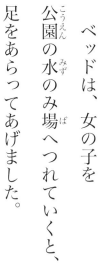

「あ、タオルもハンカチもない。どうしよ。」

体温計《たいおんけい》が、こまってまわりを見ます。

「木のはっぱで、ふくわけにいかんしな。」

ほうたいが、キョロキョロしていると、
ベッドが、体《からだ》にまとっていたシーツをはがしました。

「これで、ふいたらいいやろ。

もうボロボロだから、気にせんと使《つか》って。」

「ほんまに、いいの？　あと、どうするの？」

「それはまた、あとで考《かんが》えよ。

今《いま》は、けがの手あてをするのが、さき。

せやろ、ほうたい。」

「わかった。」

きずぐちを、体温計《たいおんけい》が、きれいにふきます。

そのあと、きずぐすりが、シュッシュしました。

ほうたいは、歌《うた》いながら、まわりました。

なおるよなおる　きれいになおる
シュッシュはちょっと　しみるけど
なおるよなおる　きれいになおる
ぐるぐるまきは　つらいけど
なおるよなおる　なおしてみせる

終《お》わると、しっかり女の子のきずがかくれました。

ベッドが、たおれている自転車《じてんしゃ》をおこして、おしてみると……。

カッチャン、カッシャン、
かっくん、くにゅりんと、へんなかんじです。

「ころんだひょうしに、タイヤがパンクしたのかな？」

きずぐすりが、ペコッとタイヤをおしました。

「タイヤがパンクして、ころんだのかも？」

ほうたいもいいます。

「どちらにしても、自転車屋《じてんしゃや》さんで、なおしてもらわなきゃ。」

きゅうきゅうばこが、今《いま》きた道《みち》を見ました。

「じゃあ、わしの上にのせてはこぼ。

どうせ、シーツはよごれたし。」

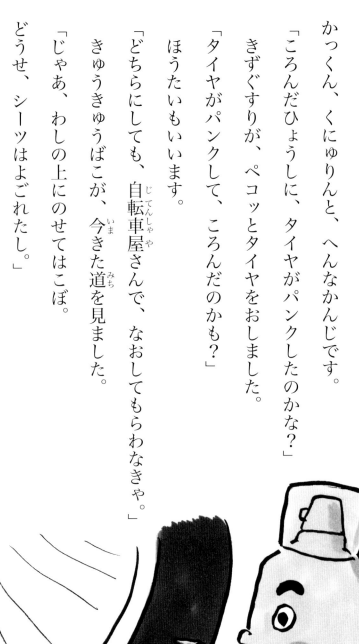

ベッドがいいました。
みんなでシーツをかけて、パンクした自転車《じてんしゃ》を、ベッドにのせました。
よいこらしょ、よいこらしょとベッドは進《すす》みます。
男の子も、自分《じぶん》の自転車《じてんしゃ》をおして歩《ある》きます。

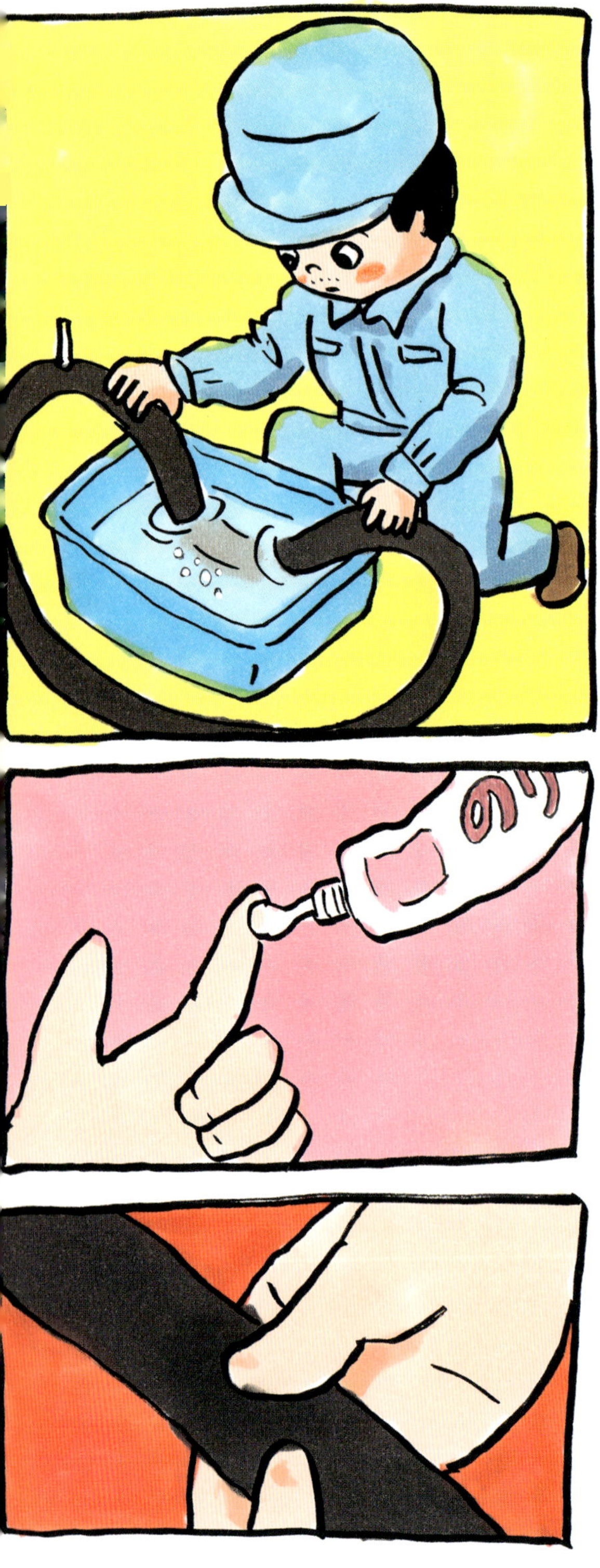

自転車屋《じてんしゃや》さんにつくと、おじさんは、すぐになおしてくれました。

タイヤのうちがわから、チューブを出して、

あながあいたところをさがします。

そして見つけると、そこにのりをぬって、ゴムをはりつけます。

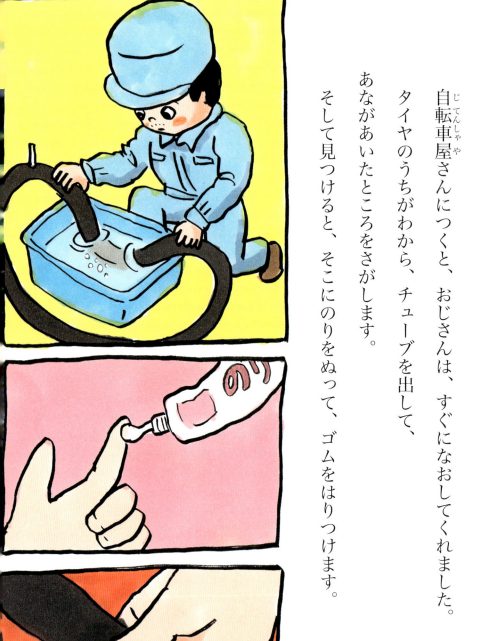

「ぼくらがいつもやってるのと、にてるな。」

きずぐすりが、楽《たの》しそうにほうたいを見ます。

きゅうきゅうばこは、じっとおじさんを見ていました。

おじさんは、自転車《じてんしゃ》がなおると、女の子の前《まえ》におきました。

「さっ、これでだいじょうぶ。

ゆっくり、おして帰《かえ》って、また、公園《こうえん》で練習《れんしゅう》してな。」

「うん。」

女の子は、うれしそうに、自転車《じてんしゃ》のハンドルをにぎりました。

「あのぅ、お金は……。」

男の子が、おずおずききました。

「いいよ。きみのゆうきと、やさしい気《き》持《も》ちを見せてもらったから！」

おじさんは、おやゆびを立て、にっこりわらいました。

おやゆびは、かっこよくよごれていました。

「あ——！」

きゅうに、きゅうきゅうばこが、

大きな声《こえ》をあげました。

「どうしたんや？」

ほうたいがいうと、

「わたし見つけた！」
きゅうきゅうばこが、
うれしそうに、体《からだ》をゆらしました。

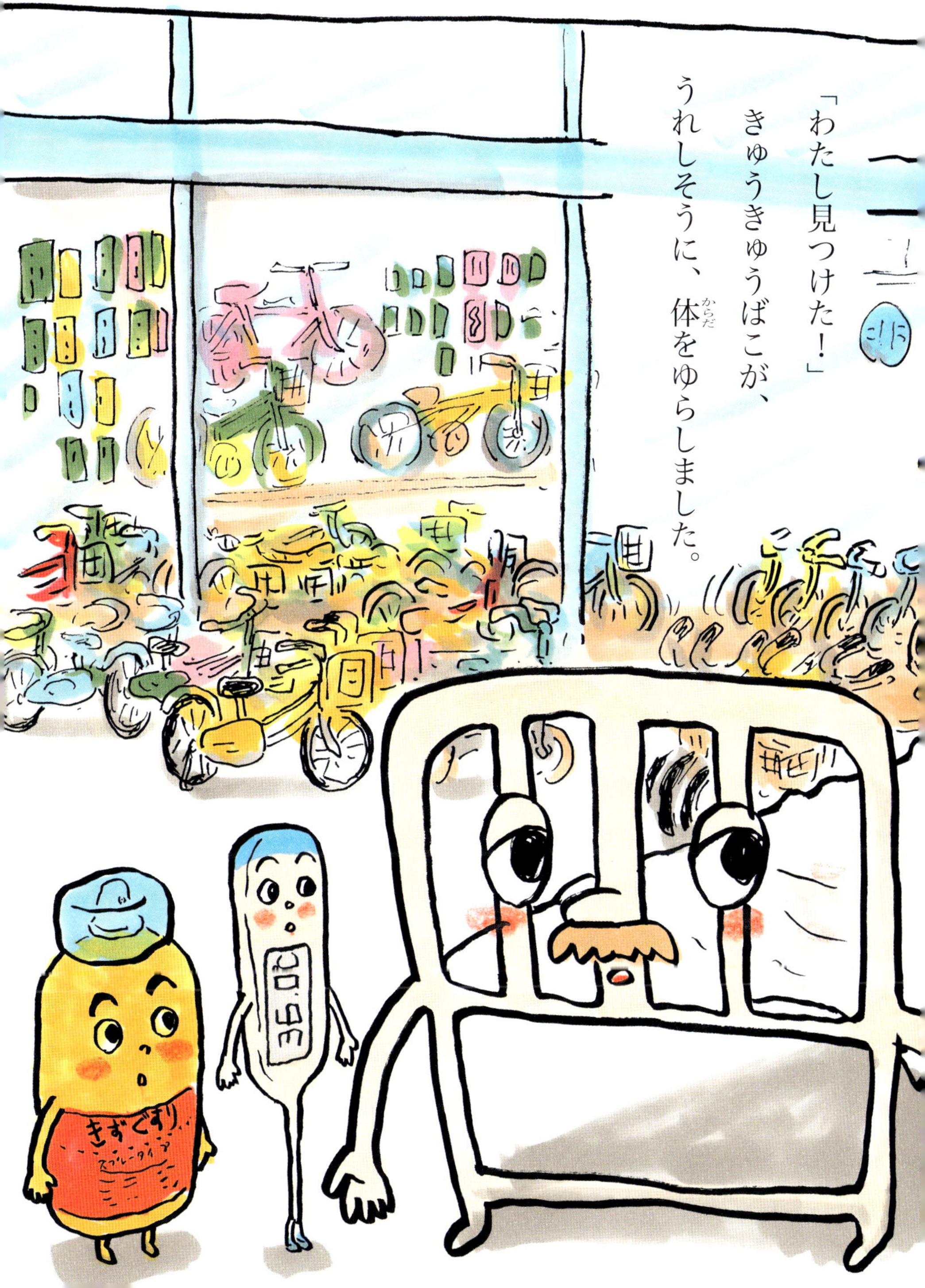

さて、こちらはチームB《ビー》です。
体重計《たいじゅうけい》・身長計《しんちょうけい》・ちょうしんき・だっこ赤ちゃんの四人は、
ほっこら公園《こうえん》の前《まえ》を、右へと進《すす》みました。
ワイワイいいながら、歩《ある》いていきます。
「クリーニング屋《や》さんや、アイスクリーム屋《や》さん、
ドーナツ屋《や》さんとかあるけど、どうする？」
ちょうしんきがいいます。
「ぼく、ドーナツがいい！」
体重計《たいじゅうけい》が、
まよわずにいいました。
「わたしも！」

だっこ赤ちゃんのおなかが、
ググーッと鳴《な》りました。
「なに、勝手《かって》に、
食《た》べること考《かんが》えてんのや。
まあ、反対《はんたい》はせんけど。」
身長計《しんちょうけい》も、にこにこしています。
「このメンバーやったら、
食《た》べることいがい、考《かんが》えられんよな。」
ちょうしんきも、うんうんと、うなずきます。
そして、ずんずん歩《ある》いていくと、
みんなの目に、あこがれのかんばんが見えてきました。

フリフリのふくをきて、ぼうしをかぶった女の子が、
ちょっと気どって、ドーナツをかじっています。

「なんとかして、ドーナツを、ゲットしたいな。」
だっこ赤ちゃんが、うっとり店《みせ》のショーケースを見つめます。
「うーん。なんか、さくせんを考《かんが》えんとアカンな。」
体重計《たいじゅうけい》が、重《おも》いためいきをつきました。

だっこ赤ちゃんが、
パンと手をたたきました。
「せや！　まいごのドーナツが、
ここにまぎれこんでるから、
つれて帰《かえ》るとかいって、
ひとつもらう。
どやろ、ちょうしんき。」
「むりやりすぎるやろ。」
「じゃあ！　ドーナツの中に、
ユーフォーがまぎれこんでるとかいって、
もらって帰《かえ》る。」

「さらに、むちゃくちゃやな。」

「なら！　ドーナツと、話《はなし》ができることにして、このドーナツ、おなかがいたいといってるから、つれて帰《かえ》るとかいって、もらって帰《かえ》る。」

コロコロ
ドーナツ

すると、

「ちょっと、おたくら、店《みせ》の前《まえ》で、なに、ゴチャゴチャいうてんの！」

ドーナツ屋《や》さんのおばちゃんが、じろっと、にらんできました。

「どうやったら、ドーナツをただで食《た》べられるか、しんけんに考《かんが》えてるんです。」

体重計《たいじゅうけい》は、しょうじきです。

「ただで、食《た》べられるわけ、ないやろー!!」

おばちゃんはおこると、顔《かお》が口だけになりました。

「ついうっかり、あげてしまうとか……。」

「ないっ！」

おばちゃんは、もう顔《かお》も見てくれません。

そのときです。でんわがかかってきたようです。
おばちゃんが、けいたいでんわを耳にあて、話《はな》しはじめました。
「……なんやて！　そら、えらいことや。そうかぁ、むりかぁ。
こまったな……うん、なんとかしてみる。」
おばちゃんの顔《かお》も、話《はな》しかたも、ほんとうにこまっているようです。
みんな気になります。
「おばちゃん、どうしたん？」
体重計《たいじゅうけい》が、ききました。
「いや。おたくらには、かんけいのないことやし。」
おばちゃんがこたえると、
だっこ赤ちゃんの、目の色《いろ》がかわりました。

「かんけいないことないよ。
だれかが、こまってるのを見たら、
わたしらがこまるもん。
心《こころ》がちくちく、こまるもん。
心《こころ》がしくしく、いたむもん。
だれか、こまってたら、どうしたの？
なんでもいうてみ？　って、みんなで心配《しんぱい》する。
せんねん町《ちょう》は、そういう町やと思《おも》ってた。」
すると、おばちゃんの顔《かお》が、へにゃっとなりました。
「そうやった。ごめんな。
おばちゃん、あせって、らんぼうなこというてしもたな。」

「それで、どうしたん？」

身長計《しんちょうけい》も、気になってしかたがありません。

「じつは、きょうとどくはずのこむぎこが、とどかへんのや。」

「こむぎこって、なに？」

「ドーナツを作《つく》るざいりょうや。」

「なんで、とどかんの？」

「こうそくどうろで、トラックが横《よこ》だおしになって、
つんでたブタが百ぴき、走《はし》って、にげまわってるらしい。」

「じゃあ、わたしたちが、るすばんしてるから、とりにいったら。」

「とりにってか……。」

おばちゃんは、ちょっと考《かんが》えます。

「せやな。バイクでいったら、だいじょうぶかな。

ほなおたくら、店《みせ》ばんしてくれるかな。

おなかすいたら、ドーナツ食《た》べていいよ。」

「やったあ！　食《た》べほうだいや。」

「食《た》べていいのは、ひとりひとつやで！」

おばちゃんは、くぎをさすと、すがたを消《け》しました。

バイクのエンジンの音《おと》が、きこえます。

しんせんな
しょくひん に

しばらくすると、さっそく男の子が、やってきました。
「どれが、ほしいんやろか？」
身長計《しんちょうけい》が、ききます。
男の子は、「それと、これと、あれ。」と、
ケースの中を、ゆびさします。
「えーっと、百六十円、百二十円、百十円……
ぜんぶで、三百九十円な。」
計算《けいさん》がとくいな体重計《たいじゅうけい》が、こたえます。

とたんに、男の子は、
かなしそうな顔《かお》になりました。

「お金、持《も》ってない。」

ぽつりと、いいます。

「ああぁ……。どうしよう。」

四人は、顔《かお》を見合《みあ》わせて考《かんが》えます。

ちょうしんきが、
男の子にはきこえないように、
だっこ赤ちゃんにいいました。
「せや、おばちゃん、るすばんするかわりに、
ひとつずつ食《た》べていいって、いってたな。
それを、この子にあげよ。」
だっこ赤ちゃんは、こたえます。
「けど、そんなことしたら、
こんどまた、もらえるかもと思《おも》って、

お店《みせ》にやってくるやん。
そのとき、おばちゃん、こまるのとちがう？
それに、もしもやで、
ほかにまた、なんにんもきたら、
みんなに、あげなアカンやろ。」
いいおわると、だっこ赤ちゃんは、
ぎゅっと、くちびるをかみしめました。

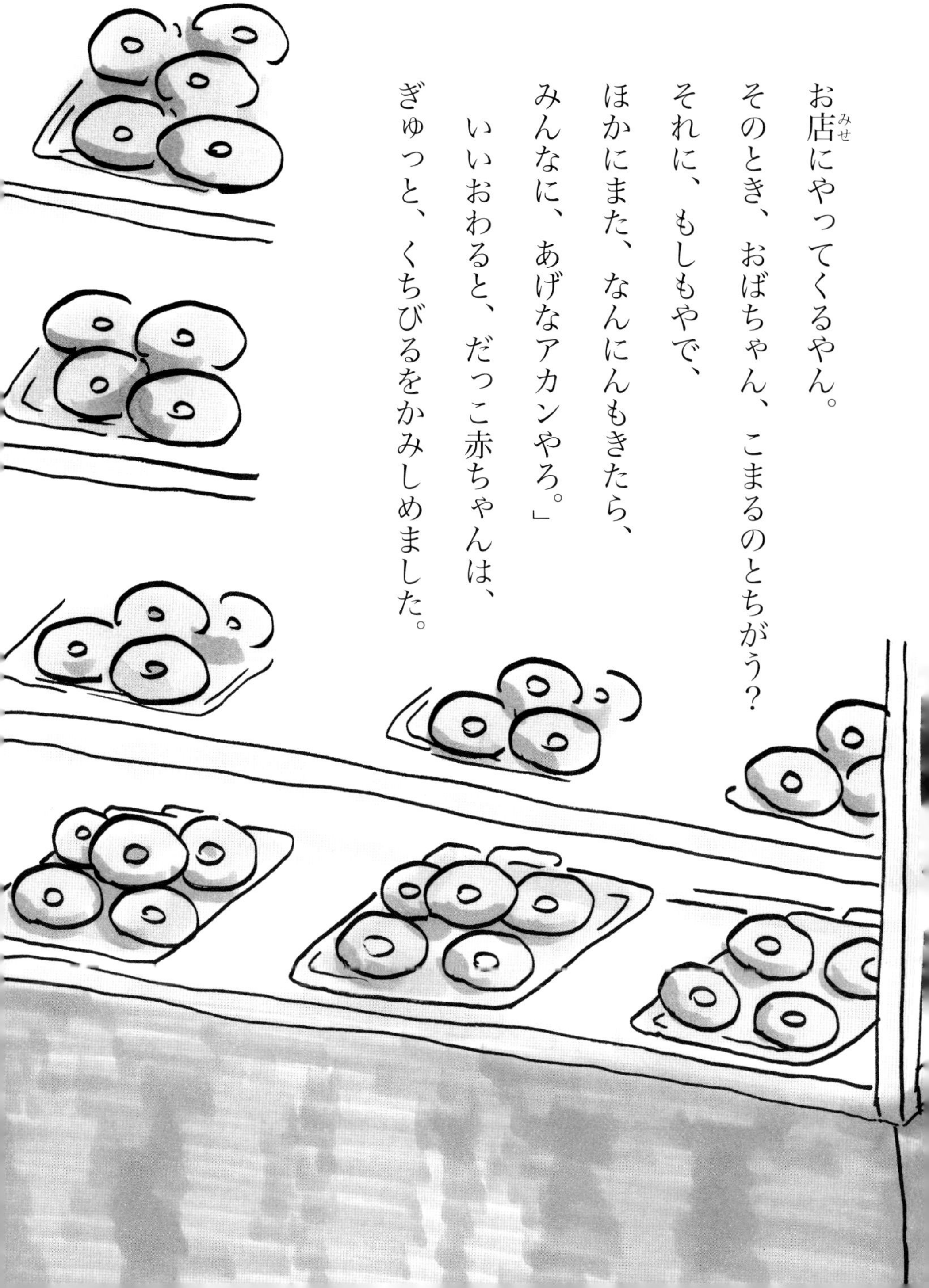

「せやな。それにこのつぎ、おばちゃんが、あげんかったら、おばちゃん、わるものになってしまうよな。」

身長計《しんちょうけい》も、うでぐみをしています。

みんな、しんけんな顔《かお》です。

だっこ赤ちゃんが、男の子の前《まえ》に立ちました。

「ごめんな。これ、お金がなかったら、あげられへんねん。つらいけど。

これな、ざいりょうを作《つく》る人や、それを運《はこ》ぶ人、そして、ドーナツを作《つく》る人、それを売《う》る人。

いろんな人が、このドーナツひとつに、かかわってるんや。

せやから、ごめんな。」

すると、男の子は、わかってくれたのか、
「うん。」とうなずいて、帰《かえ》っていきました。
そのあと、たくさんおきゃくさんがきて、
みんなは、ぶじに店《みせ》ばんをこなしました。

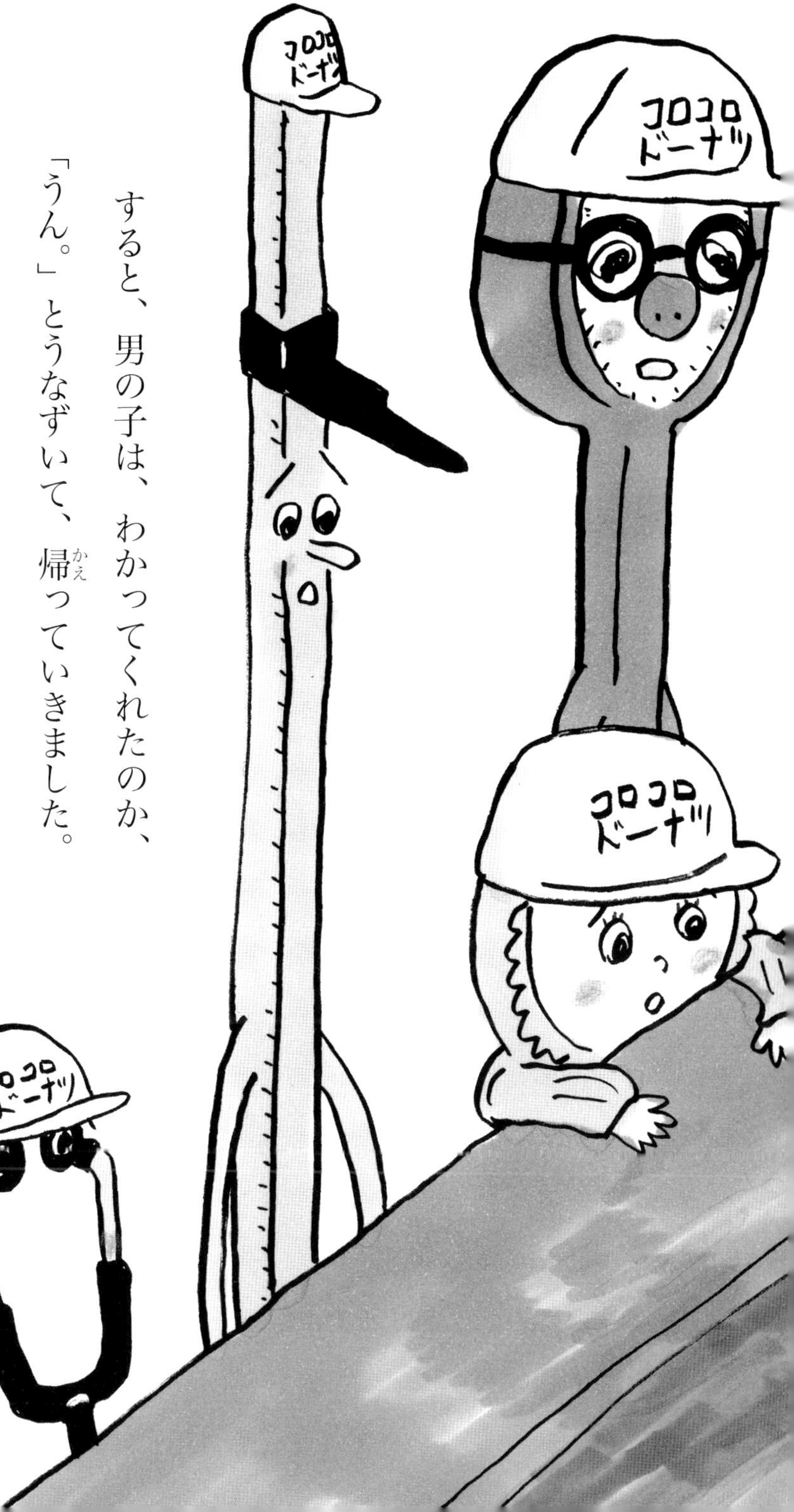

おばちゃんは、バイクにこむぎこをつんで、もどってきました。

「ありがとう、たすかったわ。ドーナツ、食《た》べてくれた？」

と、きかれ、

「きょうは、そんな気分《きぶん》じゃなくって……。」

ちょうしんきがいうと、
身長計《しんちょうけい》とだっこ赤ちゃんが「そうそう。」と、うなずきました。

「せや、体重計《たいじゅうけい》は、食《た》べていったら。楽《たの》しみにしてたんやから。」

ちょうしんきに、すすめられると、

「うーん。ぼくもえんりょしとく。」

体重計《たいじゅうけい》は、わざとドーナツが入っているケースから、目をそらします。

「そうか。食《た》べたくなったら、いつでもおいで。」
おばちゃんは、それいじょうはききませんでした。

みんなは、学校へむかって歩《ある》きながら、
まだ、なやんでいました。
「ほんまに、わたしらのやったことって、
正しかったのかな?」
だっこ赤ちゃんが、
ぽつりといいます。
みんなの心《こころ》に、
その言葉《ことば》が、ずんとひびきます。
「ひとつくらい、
あげてもよかったかも。」
ちょうしんきも、

心《こころ》がゆれているみたいです。
「いまさら、なにいうてるんや。」
身長計《しんちょうけい》が、
ぶっきらぼうにいいます。
体重計《たいじゅうけい》は、だまったままでした。
しばらく歩《ある》くと、
体重計《たいじゅうけい》がいいました。
「思《おも》うんやけど……。
みんな、あの男の子の気持《きも》ちに、
ちょっとでも、
近《ちか》づきたかったのとちがうかな。」

「そうかもしれんな。」
ちょうしんきがこたえます。
「それに、
ドーナツを食《た》べただけより、
ずっとわすれられん、
思《おも》い出《で》になる気がする。
なっ、だっこ赤ちゃん。」
「えっ？　あ、きいてなかった。
ごめん。」
「もう、これやから。」
「いや、わたし、

ちがうことを考《かんが》えてたんや。
ほら、
目に見えないけど、あるもの。
わたし、見つけたかも。」
「なになに？」
「へへへっ。」
「教《おし》えてや。
ずるいやん、自分《じぶん》だけ。」
学校へつくころには、
みんなはまた、
いつものにぎやかさをとりもどしていました。

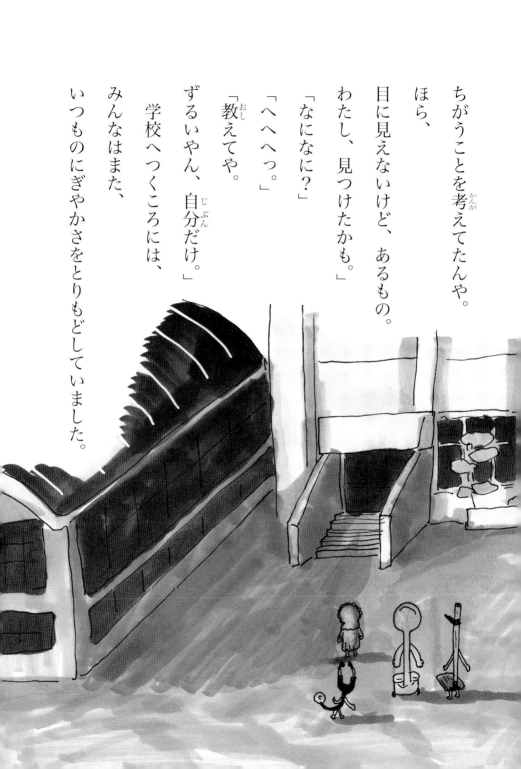

ゆうがたの保健室《ほけんしつ》です。

「どうやった？　楽《たの》しかった？」

ベッドが、だっこ赤ちゃんにききます。

「うん、いろんな意味《いみ》で、楽《たの》しかった。」

あの男の子のことは、ひとことではいえません。

「それより、シーツがよごれてるけど、どうしたん？」

「ちょっと、けがをした子がいてな、きずぐちをあらって、ふくときに使《つか》った。」

ほかのみんなも、

チームA《エー》とチームB《ビー》で、きょうあったできごとを教《おし》えあっていました。

「みなさん、おしずかに！」

ちょうしんきが、つくえにとびのって、大きな声《こえ》でいいました。

「さて、きょうは、なぞなぞピクニックということでしたが、目には見えないけどあるもの、見つかりましたか？」

「はーい！」

みんな元気《げんき》よく、手をあげました。

「それでは、チームA《エー》から、発表《はっぴょう》してもらいましょう！」

「はい！」

きゅうきゅうばこが、だいひょうで、テーブルにのりました。

「わたしたちがいったのは、自転車屋《じてんしゃや》さんです。

そして、どの自転車《じてんしゃ》にもぜったいにひつようなのが、タイヤです。

そのタイヤに入っているのは……。」

そこでいうと、保健室《ほけんしつ》のあちこちから、
「そうか。」「わかった。」と、声《こえ》がきこえてきました。

「そうです。それは、空気です！
タイヤに入ってる空気。
目には見えないけど、あります。
でも、ひとつだけ、目で見る方法《ほうほう》があります。
水の中に、パンクしたチューブを入れると、
空気があわになって、プクプクういてきます。」

「おふろの中で、おならをするのといっしょや。」
体重計《たいじゅうけい》はいいますが、
おふろに入ったことがあるのでしょうか？

「わたしたちが、
このなぞなぞピクニックで見つけたのは、
この、タイヤの空気でした。」
きゅうきゅうばこが話《はな》しおわると、
いっせいにはくしゅがおきました。

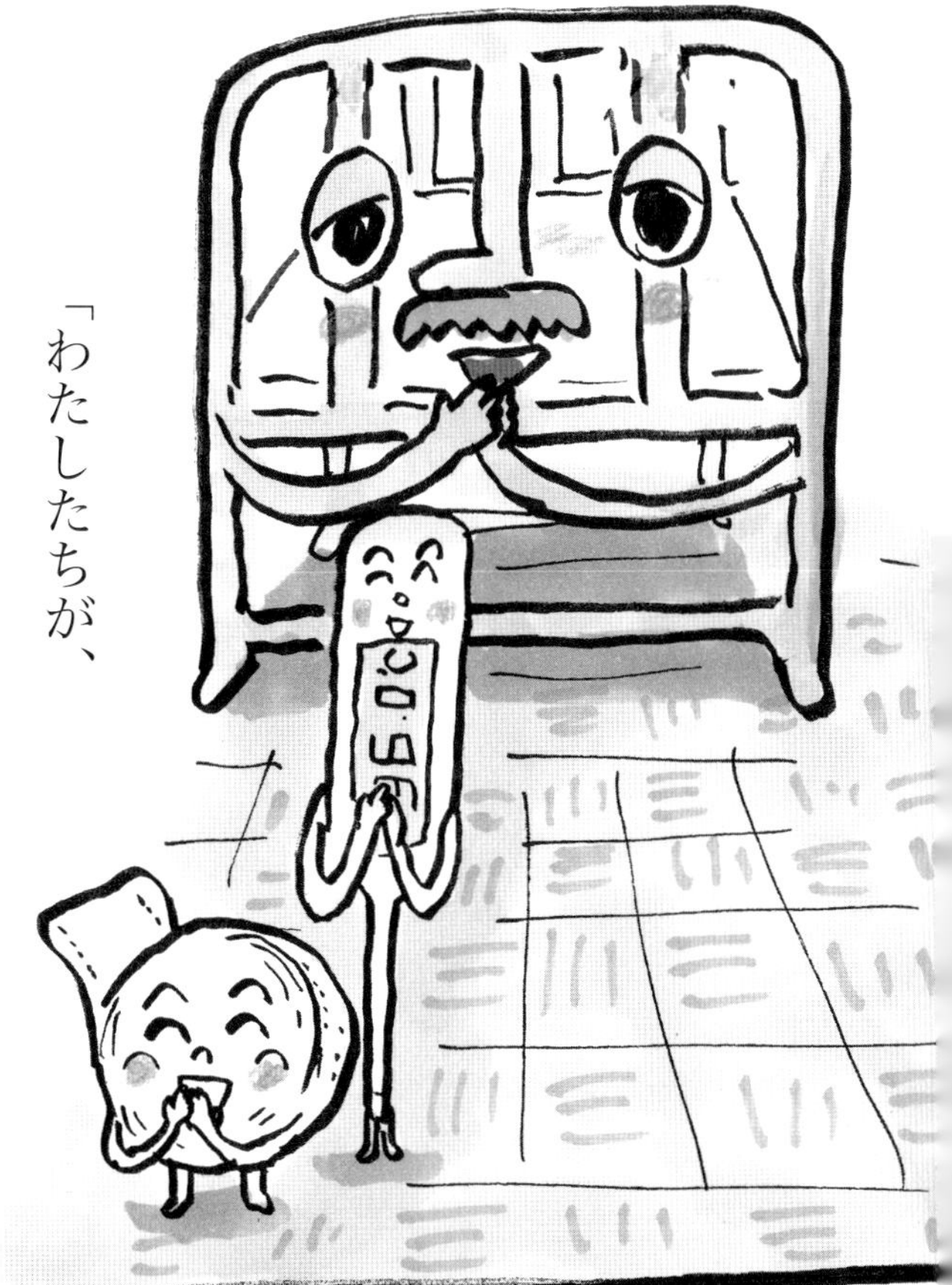

チームB《ビー》のだいひょうは、だっこ赤ちゃんです。
「わたしたち、食《く》いしんぼチームは、ドーナツ屋《や》さんへいきました。
けっきょくドーナツは、食《た》べませんでしたが、
目には見えないけどあるものを、ちゃんと見つけました。」
ここで、だれかあててくれないか、
だっこ赤ちゃんはすこしまちました。だれも、わからないみたいです。
「それは……あなです。ドーナツのあな！」
とたんに、「ほうーっ。」と、みんな、えがおになりました。
「このあなが、なんであいてるのかは、わかりませんが、
やっぱり、あいてたほうがいいですね。
そして、みんなが、このあなのことを考《かん》えながら、

ドーナツを食《た》べられたらいいなと、そう思《おも》いました。」
だっこ赤ちゃんが、話《はな》しおわると、
また、たくさんのはくしゅがおきました。

そのときです。

ガラッと保健室《ほけんしつ》のドアがあいて、みんなのはくしゅがとまりました。

見るとそこには、たんこぶのすがたがありました。

「あー、おそなってしもた。」

たんこぶのそばには、台車《だいしゃ》があります。

「ちょっと、身長計《しんちょうけい》と体重計《たいじゅうけい》、手つだって。」

と、たんこぶがよびました。

「なになに？」

台車《だいしゃ》からおろしたのは、ぬの。

「えっ、なにこれ？」

きずぐすりがたずねます。

「シーツ、古《ふる》くなってたから、新《あたら》しいシーツを、
家庭科室《かていかしつ》のみんなに、たのんでたんや。
きょうしか作《つく》る時間《じかん》ないっていうし。」
「それで、ピクニックいくのは、
いややとかいってのこったんや。」
だっこ赤ちゃんが、
たんこぶにかけよりました。
ベッドが、新《あたら》しいシーツを、
うれしそうになでます。
「いやぁ、ええな、これ。」
それを見て、体温計《たいおんけい》が、

わらっていいました。
「けど、いがいやな。
たんこぶはいっつも、ベッドから、
『ほんまにそうかな。』とかいわれてるから、
てっきりベッドのことを……。」
　そして、体温計《たいおんけい》は、
「なっ！」と、たんこぶを見ました。
たんこぶは首《くび》を横《よこ》にふります。
「おれ、自分《じぶん》の考《かんが》えと、
ちがうこといってもらうほうが、
すきやで。」

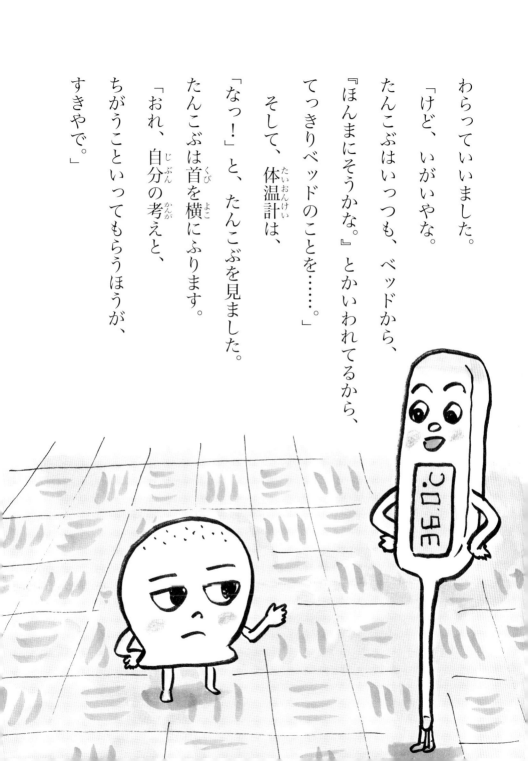

「あ、わたし、見つけた！」

だっこ赤ちゃんが、さけびました。

「えっ、なにを見つけたん？」

と、ほうたい。

「見えんけど、たんこぶの中には、
あいじょうがいっぱいつまっててんねん。」

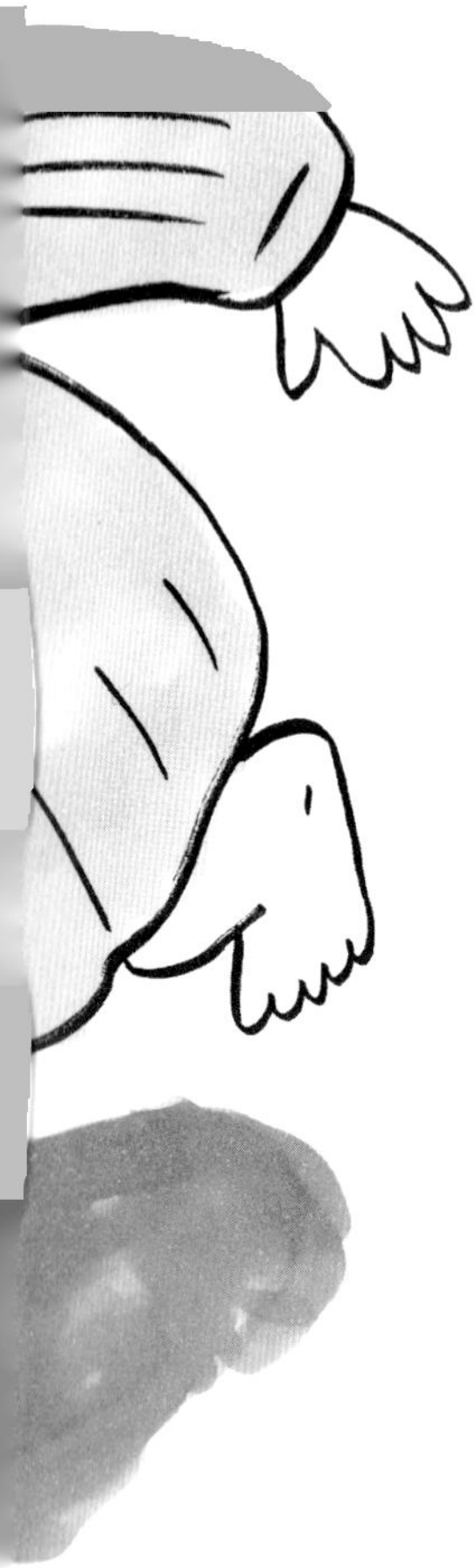

とたんに、たんこぶの顔《かお》も頭《あたま》も、パッと赤くなりました。
あいじょうは、ほめられると、赤くなるみたいです。

目には見えないけど、あるものって、
まだまだいっぱいありそうです。

なあ、たんこぶやったらどうする？お金持《も》ってない子に、ドーナツあげる？
もちろん、あげる。
へえ。自分《じぶん》はガマンするんや。
いや、自分《じぶん》も食《た》べる。
けどおばちゃん、ひとつしかアカンいうてた。
あとでおばちゃんに、おこられたらいいやん。

そうなんや。
アカンかな。
たんこぶらしくて、いいな。それきいて、スッキリした。
ゴロン
おやすみ。いいゆめ見てな。
うん。ドーナツを食《た》べるゆめでも見るわ。

村上しいこ●作

三重県生まれ。

『うたうとは小さないのちひろいあげ』で第53回野間児童文芸賞受賞。近著に『たべもののおはなし エビフライ にげたエビフライ』（さとうめぐみ・絵）、『じてんしゃのほねやすみ』（長谷川義史・絵）など。

「目には見えなくてもあるもの。むかしわたしは、そらには虹をつくる虹しょくにんみたいな妖精がいて、いっしょうけんめいにつくっているのだと思っていました。いまも、はんぶん、しんじてます。」

ホームページ
http://www.geocities.jp/m_shiiko/

田中六大●絵

1980年東京都生まれ。

近著に『おとのさま、スキーにいく』（中川ひろたか・作）、『たべもののおはなし おむすび　うめちゃんとたらこちゃん』（もとしたいづみ・作）など。

「デパートのエレベーターに乗ると、まんいんでした。ゆっくりと上にあがる、しずかなエレベーターのなか、どこかでブッ！　と音がしました。へんなにおいもしてきました。見えない、だけどたしかにそこにある。それはおならです。」

ホームページ
http://www.rokudait.com/

わくわくライブラリー
保健室《ほけんしつ》の日曜日《にちようび》　なぞなぞピクニックへいきたいかぁ！

2017年11月22日　第1刷発行
2020年 2 月 3 日　第2刷発行

作　村上《むらかみ》しいこ
絵　田中六大《たなかろくだい》
装丁　脇田明日香

発行者　渡瀬昌彦
発行所　株式会社 講談社
〒112-8001 東京都文京区音羽2-12-21
電話　編集 03-5395-3535
販売 03-5395-3625
業務 03-5395-3615
印刷所　株式会社精興社
製本所　島田製本株式会社

N.D.C.913 95p 22cm ISBN978-4-06-195790-9

『保健室の日曜日』のなかまたち